물은 나무의 생각을 푸르게 물들이고

시작시인선 0371 물은 나무의 생각을 푸르게 물들이고

1판 1쇄 펴낸날 2021년 4월 21일
지은이 장승진
펴낸이 이재무
책임편집 박은정
편집디자인 민성돈, 장덕진
펴낸곳 (주)천년의시작
등록번호 제301-2012-033호
등록일자 2006년 1월 10일
주소 (03132) 서울시 종로구 삼일대로32길 36 운현신화타워 502호
전화 02-723-8668
팩스 02-723-8630
홈페이지 www.poempoem.com
이메일 poemsijak@hanmail.net

ⓒ장승진, 2021, printed in Seoul, Korea

ISBN 978-89-6021-551-1 04810
      978-89-6021-069-1 04810(세트)

값 10,000원

물은 나무의 생각을 푸르게 물들이고

장승진

천년의
시 작

우울증 때문에 시가 싫어졌는지
시가 싫어져서 우울증에 걸렸는지
알 수 없는 나날들을 보내며
그동안 시를 놓고 살아왔고
아예 돌아오지 않을 작정이었다
거기에 더해
먼지처럼 들러붙는 게으름과
언어를 누구에게 빚진 느낌은
내가 어쩌다 시인으로
웃자란 느낌이어서 한층 괴로웠다
그래도 시가 있어 다행이고
먼 추억이 되어 떠나기 전
붙들 수 있어 행운이다
이제 겨우 한 고비 넘겼을 뿐
끊임없이 몰아닥치기에
시련이 파도라 불린다는 것을
늘 잊지 않고 살아가기로 한다

차 례

시인의 말

제1부 그 누가 달콤하다고 말했던가

신발

누군가의 한평생을 대신하여 그는 수차례 버려졌다
별 대단한 일을 했냐고 사람들은 물을지도 모른다
그 누구도 거칠고 냄새나는 발을 온몸으로 끌어안아
자기의 고집을 깔창 밑까지 낮추었던 적 있던가
버려질 줄 알면서도 발바닥까지 마음을 읽었던 그처럼

죽음을 애도하다

그는 이미 살육될 것 알았는지
매일 울며 자기 운명을 비관했으나
나는 그냥 아침이라고 생각했다
행복한 가정 꾸려 슬픔 달래려 해도
아이들은 태어나기 전 유괴되었고
적극적으로 미래를 개척해 보려
필사의 탈출 시도한 적도 있는데
파수꾼 개에 쫓겨 올라간 지붕에선
추락과 피살의 경계에 서야만 했다
날개는 비상의 꿈 품게 했으나
육신은 절망의 횃대에 불시착할 뿐
그가 마당에서 쪼았던 건
파편화된 삶의 낟알이었고
마신 물은 상심의 눈물 아니었을까
농부의 아내가 건네는 모이는
삶의 위로가 되기도 했겠으나
어느 방문객이 집 찾은 날
그녀는 그의 모가지 비틀었고
그는 목에 칼이 들어와도
바른말 한마디 남기지 못한 채

정직하게 살아왔던 삶의 흔적을
새하얀 가슴살로 보여 줄 뿐이었다
억울하게 생을 마친 그의 주검 앞에서
나는 슬펐던 삶을 기억하기는커녕
그저 군침 흘리기에 바빴었다

종이

종이를 봉투에 담다 손가락을 베었다
칼집 낸 생선의 몸통에서처럼
벌어진 틈으로 피가 새어 나온다
이렇게 날카로운 발톱을
종이가 숨기고 있을 줄이야
따지고 보면 종이는 원래 나무였고
종이 만드는 나무일수록
삼림 깊은 곳에서 자랐을 테니
야생 본능이 강한 것 아닐까
그런 나무를 제멋대로
삶고 표백하고 말려 윤을 낼 때
나무는 복수심에 불타오르다
별안간 발톱 세우고 할퀸 것 아닐까
알 필요 없는 사람들의 기록
제 몸에 새긴 것으로도 모자라
답답한 봉투에 가두려고까지 하니
얼마나 울분이 컸겠는가
나무는 비록 종이가 됐지만
봄비에 적신 새들의 포근한 지저귐
햇살 머금은 뜨거운 매미 울음

아직 기억 속에 선명하고
그것들 그리워 몸부림치는 것 아닐까
나 또한 그런 나무처럼
꿈같은 시절로 돌아가고 싶어
누구의 마음 할퀴지는 않았을까

커피

그 누가 달콤하다고 말했던가

고생스런 나라에 태어나

아름다운 생을 펼치기도 전

뜨거운 철판 위에서 까맣게 태워진 뒤

화장되고 남은 육신은 산산조각 나

뜨거운 물에 한 번 데고 다시 데어

독무덤의 옹관묘에 해골 물로 담기거나

이국어로 쓰인 지방紙榜 허리에 감고

눈물조차 샐 틈 없는 신줏단지에 놓여

향불 연기 토해 내며 서서히 식다가

새까맣고 쓰디쓴 피로 스며드는 것을

살인의 추억

예비군 훈련장에 와 소총을 받는다
정규 부대서 쓰지 않는 오래된 카빈
동료들은 현역 시절에도 본 적 없는
환갑 넘긴 물건을 신기한 듯 바라본다
가벼운 조소가 소총의 몸 더듬는 동안
나는 그의 몸에 음각된 총기 번호에서
퇴역한 장성의 별빛보다 흐린
전사자 목에 걸린 인식표를 떠올린다
지금 사격장에서는 최신 자동 소총들
젊은 사자 포효하듯 불 뿜어대지만
전선 따라 여러 번 주인 바뀌었을 그는
살 떨리는 화약 냄새와 함께
날아가는 불꽃 가닿는 자리마다
얼마나 쉽게 비극을 완성했을까
야릇한 침묵에서 짙은 피 냄새 맡자
나는 그의 몸 만지는 것이 두려워진다
이 노련하게 낡은 살기가 무섭다

칼

그는 지금 몸을 씻는다
생선의 상심한 마음과 부릅뜬 기억이
그를 비린내로 뒤덮었으므로
그분의 다음 말씀을 따르기 위해선
수도꼭지 아래서 세례수를 맞아야 한다
그가 잠시 건조대에 눕는 사이
파와 마늘들도 세례를 받는다
흙 묻은 영혼이나 매서운 본성으로는
방주에 실려 제단에까지 오를 수 없다
쓰임받지 못하는 이들에게
그는 희생하는 법을 가르친다
그분의 뜻을 받드는 사도로서
모두가 꺼리는 일을 도맡을 것이다
우직하나 겁이 많은 도마는
속죄양의 피만 봐도 질끈
눈 감고 등을 돌려 버리므로
그가 없이 아무 일도 할 수 없다
오래도록 그분의 뜻을 따르다 보니
그는 처음만큼 예리하지는 못하나
날카로운 몸매와 실력은 여전하다

그것들이 간혹 의욕에 넘쳐
그분의 뜻을 거스른 적도 있다
이제 그는 오랜 수행 덕에
누구를 만나도 목탁 소리처럼
가볍고 경쾌하게 말할 수 있다
그 말에 익숙한 저녁 순례객들은
벌써부터 얼큰한 군침을 삼킨다

그릇들

제 몸에 찌꺼기 묻혀 가며
따뜻한 음식 제공한 그릇들
지저분하게 개수대에 쌓여 있다
성자와 같이 맑고 투명한 얼굴로
수납장에서 은둔 생활하다가도
조심조심 불러내 음식을 담으면
식욕을 더욱 자극하던 자태는
온데간데없이 사라지고
막다른 곳에 내몰린 노숙자처럼
서로 기대고 의지하며 널브러져 있다
제 몸 더러워질 것 알면서도
매정하게 손길 뿌리치는 법 없이
이쁘고 가짓수 많게 반찬 담아
누군가의 허기진 마음 채워 주고도
아직 끝나지 않았다는 듯
저녁 굶은 날파리들도 불러내
마지막까지 자선의 손길 뻗친 뒤
찬물 속에 몸 담그고서
묵묵히 정신 수련을 이어 나간다
이제 그들의 고결한 영혼을

다시 빛나게 만드는 것은
나의 몫으로 남아 있다

낡은 의자

책상 앞에 앉을 때마다
그 위에 펼쳐 놓을 것들만 궁리했지
의자에 대한 생각은 하지 못했다
십 년이 넘는 세월 동안
누군가의 배려를 받으며
한 번도 고마움 느끼지 못했다면
그 얼마나 이기적인가
내 감당치 못한 삶의 무게
온몸에 가득 담고 주저앉아
온전히 두 다리 힘 풀었을 때나
긴 시간 불편한 자세 바꿔 가며
책 보거나 글에 몰두할 때
의자는 가끔 삐걱거리기만 할 뿐
아무런 신음조차 내뱉지 않고
지친 몸 조용히 받아 주면서도
겉으로는 괜찮은 척 애쓰며
안으로 안으로 나사가 풀리고
푸석푸석한 거죽이 벗겨지고
악물었던 어금니 주저앉은 것 아닐까
나는 등 기대고 편하게 앉아

뭔가 창조적인 일에 몰두하며
대단한 일 하고 있다 믿었지만
의자는 평소 하던 대로 하면서도
세상을 지탱해 나가고 있었다

강화 마루

화장실 앞을 지날 때마다
그 주변 마룻바닥이 삐걱인다
나무가 물을 먹으면 소리가 난다는데
나무가 물관의 기억을 추억하고
그게 그리워서 소리를 내는 걸까
땅에서 힘차게 빨아들인 물줄기가
물관을 거쳐 가지와 잎을 적시고
그의 생각을 푸르게 물들였을 텐데
자기도 모르게 나무가 베어지고
그의 꿈도 가루처럼 산산이 부서져
전혀 모르는 나무들의 꿈과 뒤섞여
기계 속에서 마구잡이로 하나가 되고
조각난 꿈 모서리가 아무 데나
날카로운 파편처럼 박힐까 봐
가는 신음조차 내뱉지 못하도록
기억을 누가 봉인해 놓았을 텐데
덜 닦인 몸이 떨군 단 몇 방울의 물로
그 기억 되살려 자신의 억눌린 꿈을
점점 더 커지는 소리로 나무는
드러내려 한 것 아닐까

담쟁이

담쟁이가 나무를 휘감고 있다
그와 헤어지지 않기 위해
입 악물고 손에 힘주고 있다
자기 마음 내준 사람에게
이렇게 매달리듯 애원하는 사람
이 시대에 또 있을까
혼자서는 일어설 수 없고
외로움 많이 타는 성격 타고나
불행한 운명을 한탄하며
주저앉아 버릴 만도 하건만
오직 사랑을 바라며 희망 하나로
비바람 얼굴에 맞아 가면서도
땡볕으로 온몸 푸르게 멍들면서도
가볍게 인연의 끈 놓지 않았다
그 마음 나무는 모르는지
하늘에 비친 제 모습에 취해
왠지 외롭다는 표정 지으며
가지를 축 늘어뜨린 채
눈물처럼 뚝뚝 열매를 떨어뜨린다

항해

후텁지근한 여름날
방 안이 답답해 선풍기 틉니다
멈춰 있던 선풍기 날개가 돌며
열대 바다에 잠겨 있던
후끈하고 눅눅한 공기의 그물
감아올리고 새 그물 던집니다
선풍기 낡은 모터는
통통배 엔진처럼 털털거리고
방 안을 떠다니던 먼지가
스크루에 해초처럼 감깁니다
열어 둔 창문 너머로는
가끔 시원한 바람 불어
블라인드가 돛처럼 휘어 불룩하고
밖에서 비둘기가 갈매기처럼
끼룩끼룩 우는 소리 들립니다
암초를 봤는지 선풍기 머리가
좌현에서 우현으로 방향을 틀자
그물 확인하러 갑판에 나서다가
나는 기우뚱하는 배에 주저앉고
그물에 걸린 줄도 모르는

어미 물고기가 뭐 재밌는 거 없나
바위틈을 이리저리 뒤질 때
작은 눈 닮은 새끼 물고기 두 마리
그 뒤를 졸졸 따라다닙니다

행복

화장실 좌변기에 앉아
벽에 걸린 수건 바라본다
함께해서 행복했습니다
그동안 무심코 봐 왔던 문구
그런데 왜 행복은 죄다 과거형일까
그냥 하는 말일까 아니면
함께할 땐 쑥스러워 말 못 하다
퇴직할 때 되고 보니
아쉬워서 그런 걸까
과거가 행복했다면
지금은 아니라는 말일까
단순한 말 한마디에도
의문이 꼬리를 무는데
내 행복은 나 아닌 누구와 함께하는지
지금도 알아낼 수 없는 것을
나중에 때가 되어
멋있는 척 말하려고 하니
변비로 꽉 막힌 아랫배보다
더 무겁고 답답해지는 머리

싱그러운 욕설

연일 쏟아진 비 오전 내내 퍼붓다
오후 들어 멈추고 햇빛 내리쬔다
비 그친 뒤 떠들썩한 매미 울음처럼
아이들 목소리도 다시 생기가 넘친다
야 이년아, 씨발 내가 뭐랬어
낡은 학교는 비 때문에 정전되어
낮인데도 교실과 복도 모두 깜깜하고
벽을 타고 내려온 빗물은 오줌 눈 듯
시멘트 기둥 페인트칠 들뜨게 한 뒤
바닥 몇 군데에 고여 질척이는데
평소 같으면 눈살 찌푸렸을 욕설이
답답하고 살짝 곰팡내 머금은
에어컨 바람보다 싱그럽게 불어와
내 안까지 스며드는 빗물 말리고
밑으로 흐르는 마음 빗물과 합류해
하수구로 역류하지 않도록 막아 준다
스위치를 올리자 높고 빠른 톤으로
환하게 학교를 밝히는 아이들 목소리

청각 장애 베이커리

불붙여 타고 있는 담배를 쥐고도
안 피웠다 고래고래 소리치고
불리한 말을 들으면 듣다가
안 들린다 우기는 아이가 있었다
빵으로 치면 잘 손이 가지 않는
약간 질긴 찰깨빵처럼 예전엔
집을까 말까 고민하게도 만들었지만
이제는 진열대 구석에서
유통기한만 채워 가는 바게트라고 할까
문 닫아 깜깜하던 귀는
솔깃할 때만 단팥빵 모양으로 부풀고
빵만 삼켜 목이 막혔는지
언어 장애 증세까지 도졌다
주인장 맘대로 문을 여닫고
메뉴를 바꾸면 빵가게는 망하듯이
언제부턴가 동정의 화폐를 지닌
뜨내기 손님들만이 찾게 되었고
과하게 뿌린 이스트 때문에
부풀 대로 부푼 아이의 마음은
식빵팥빵 사방팔방 뻗쳐 나가

달콤한 거짓의 향기를 풍기는
바게트와 못난이빵이 되어
안 팔린 빵들 위에
돌탑처럼 쌓여 갔다

햇볕의 독서

내가 문 열어 준 적 없는데도
햇볕은 유리의 초대를 받아
베란다 가까이 놓인 책장에서
읽을 책을 고르고 있었다
그는 내가 집에 있든지 없든지
조용한 거실에서 책 보는 걸 좋아해서
책장에는 그의 손때가 묻어
누렇게 바랜 책들이 많다
분야에 상관없이 닥치는 대로 읽으며
읽는 속도는 느리지만
반복해서 읽는 습관으로 인해
거기서 그가 안 읽은 책이 없을 정도다
개중에는 지인들에게 돌리다 남은
내 첫 시집도 여러 권 섞여 있는데
책 표지를 열었던 흔적 없는데도
그가 얼마나 자주 읽었는지
손때가 묻고 색이 바래 가고 있다
그동안 많이 읽어 눈에 선할 내 시가
그의 마음에 비를 내리지나 않았을지
가끔 걱정스럽기도 하지만

그는 조용히 미소를 띤 채
읽던 책에 집중할 뿐이었다

제2부 당신이 떠오를 때

양파

양파를 까면서 당신을 생각합니다
매운 눈물도 참아내도록 호기심 자극한 당신
그게 당신의 매력이고 내 사랑의 동기였죠
흙 묻은 듯 힘겨웠던 성장 과정을 겪고도
껍질 벗겨 알면 알아 갈수록 속으로
둥글고 반듯하게 결을 유지해 온 당신
매끈한 표정과 달리 매운 향기 때문에
간혹 성격 독하다 손가락질 받았지만
아무나 못 건드리게 자기를 지키려던
당신의 눈물 나는 노력 나만 알고 있었죠
뭔가 큰 기대 가지고 껍질을 까면
아무것도 없다는 듯 빈속 드러내며
겹겹의 마음 뒤로 자기를 감추던 당신
칼날처럼 저며 오는 기억들 앞에 결국
매운 눈물 보이며 잘려 나간 단면으로
스스로가 옹이라는 사실 드러내던 당신
당신 가여워서 내가 눈물 흘리는 동안
자기 마음의 상처에서 비어지는 눈물은
얼른 손바람 일으켜 몰래 감추던 당신
여러 겹으로 돼 있으되 다 까고 나서도
종적이 묘연한 당신의 중심이 그리워집니다

빈 병

방향제가 증발한 뒤
먼지만 쌓여 가는 빈 병이
책상 위에 놓여 있다
집에 있을 때마다
하루 대부분을 보내는,
밥 먹을 때조차 식탁 대신
이용하는 나만의 보금자리에
먼지 끼어 투명한 마음 혼탁해진
빈 유리병이 덩그러니 놓여 있다
아내는 가끔 그 병에
새로 산 방향제 묻힌
디퓨저 스틱을 꽂아 두고 간다
그러면 나도 방향제 꽂은 빈 병처럼
그날 하루는 혼탁한 마음에
투명한 향기를 머금게 된다
먼 길 혼자 가는 이에게
꽃향기로 발산하는 추억 하나
얼마나 큰 위로이랴
터벅터벅 지나가는 들판
풀 내음 건네주는 기억조차 없다면

얼마나 걷는 게 고달프랴
추억은 금세 꽃향기 잃을 테지만
눈물 몇 방울 다시 떨어뜨리면
새로운 방향제 묻힌 것처럼
감미로운 향기 발산할 것이다
먼지 낀 나의 빈 병처럼

사랑을 먹는 법

냉장고에서 아이스크림을 꺼낸다
막 꺼내면 숟가락도 안 들어갈 만큼 단단하므로
어느 정도 녹을 때까지 기다리는 시간이 필요하다
그렇다고 무한정 까먹고 있어서도 안 된다
적당한 순간, 통에 물방울이 맺히기 전
숟가락 쥔 손에 힘을 줘 부드럽게 퍼 올리는 게 좋다
사랑도 아이스크림처럼 때를 잘 맞춰야 한다
상대의 마음이 아직 단단히 굳어 있을 때는
섣불리 숟가락을 대지 말고 천천히 기다리다
이때다 싶을 때 삽을 꽂듯 마음을 들이밀고
녹기 시작하는 가장자리부터 퍼 올릴 일이다
욕심내서 너무 크게 퍼 올려 한입에 넣으면
기쁨보다는 괴로움이 더 클 테고 보기도 흉하다
물처럼 녹아 버린 아이스크림이 아이스크림 아니듯
상대를 오래 기다리게 하는 것은 사랑이 아니다
적당히 녹은 마음 가운데 꽂힌 깃발 안 넘어지게
모래성 허물듯 물러진 부분부터 빨리 걷어 내고
먹은 자리 되도록 깔끔한 인상 남게 뒷정리 후
상대방 마음이 바닥 드러낼 때까지 비우지 말고
다음을 위해 숟가락 내려놓을 줄 알아야 한다

뒷모습뿐인 사랑

사랑은 언제나 한 발짝 앞에 있다
길을 걷다 뛰어가도 차를 몰고 달려가도
내 손끝은 그녀의 등 근처에서 끝난다
그녀는 돌아보지 않는다
돌아본 여자는 소금 기둥이 된다
앞에 있으므로 보이지 않는 진실이
발꿈치의 아킬레스건을 자극하고
장거리를 달릴 연료가 되어 준다
뒷모습만 보고도 마음이 움직인다면
사랑하기 위해 앞모습을 알 필요는 없다
그녀가 뒤를 돌아 환하게 웃는 순간
향수는 박살 나고 느낌은 증발한다
추억이란 그런 식으로 깨진
향수와 느낌의 잔해일 뿐이다

네가 찾아오는 아침

일 년 중 아주 잠깐씩만 널 생각해
다 쓴 건전지처럼 내가 별로 쓸모없거나
더 짜낼 힘이 남아 있지 않을 때는
너의 그림자조차도 떠올릴 겨를이 없다가
씻어 낸 듯 맑은 얼굴로 찾아오는
아침 햇살 속에서 너를 언뜻 보곤 해
너는 항상 시간의 투명한 흐름 속에 있고
무언가에 부딪칠 것 같아 손을 뻗기가 두려워
그 무엇에도 그리 놀랄 것 같지 않은 표정과
태연한 몸놀림이 너를 너답게 하지만
쓰고 나서 어디 두었는지 기억나지 않는 종이컵만큼
우리는 멀어져 버렸지
두렵지도 슬프지도 않은 날들이
침대 매트리스보다 더 두껍고 안락하게
기억의 잠자리를 만들어 버리고 말아
떠올리고 싶지 않은 일들이 많은 하루일수록
나는 침대에 깊숙이 파묻혀 잠을 청하고
그만큼 너도 함께 덜어 내지는 것 같아
아련하다고 하기엔 너무 낯설어서
내 빈손은 너를 끌어안을 수 없어

숨 가쁘게 뛰다가 놓쳐 버린 버스를 바라보는 심정이야
우리 사이엔 수많은 정거장이 존재했고
다음 버스는 쉽사리 도착하지 않았어
네게도 떠나가야 할 목적지는 있었으니까
나를 기다려 달라고 할 순 없었지
바람 부는 날 바람개비를 멈추게 할 수 없듯
우리의 시간도 시침 분침이 그렇게 움직인 것뿐이야
한때 사랑이라 부를 수 있었던 모든 것들은
다 추억의 이부자리 속에 깃들어 있고
이것들이 가끔 꿈과 현실의 경계에서 반짝거리다
일어나 이불을 정리하다 보면
유리구슬처럼 또르르 굴러떨어지기도 해

머그잔

물이 뜨거워 잔이 깨질지 몰랐다
경쾌하게 끓는 소리에 넋을 놓았다
손잡이도 못 잡을 만큼
주전자가 달아올랐기 때문이다
잔에 갖다 댄 손끝으로 통증은
화살촉같이 날아와 꽂혔다
그 안에 커피를 붓고 물을 젓자
입자들이 행성처럼 돌면서
블랙홀로 사라졌다
한 잔의 커피를 마시면
목구멍까지 치밀던 우울이 가라앉는다
가장 환한 별이 혈관을 돌아
기분 좋은 열기를 만들어 낸달까
내 마음에도 끓는 물처럼
뜨거운 사랑 담았던 적 있을까
경쾌하게 끓어오른 물의
잔을 깰 만큼 버거운 열기도
심장 끝에 와닿는 통증도
나의 잔으로는 품을 수 없었을까
커피를 다 마신 뒤에도

머그잔의 열기로 시린 손을 녹인다
오래 사용한 잔일수록
커피 얼룩이 잘 닦이지 않는다
오래 인내한 사랑일수록
우리의 기억을 붙들고 있듯이

아메리카노

이른 아침
그 거리를 지날 때마다
아직 문 열지 않은
커피 매장에는
그녀가 앉아 있다
혼자 신난 듯 웃고
때론 휴대폰 매만지며
누굴 기다리기도 한다
창밖에서 보기만 할 뿐
나는 부를 수 없다
아메리카노 한 잔
테이블 위에 두고서
들어서는 나를 보고도
그녀는 무표정하다
혓바닥이 델 듯
뜨거운 아메리카노를
점원도 없는 불 꺼진 매장에서
한 잔 사 들고
그녀 곁을 지난다
까맣게 타들어 가지 않고도

뜨거울 수 있었을까
겨우 두세 계단 내려오면서도
중심을 놓쳐
손가락에 뜨거운 액체를 쏟자
불 꺼졌던 아픔이
찌르르 되살아나는 순간
나와 눈이 마주친 그녀는
슬쩍 고개를 돌린 채
아메리카노를 식히며
불 꺼진 매장 거기서
여전히 그대로 앉아 있다

니트

니트를 오래 입었더니
촘촘하던 옷감 사이 틈이 보인다
맘에 들어 자주 입었던 탓에
그만큼 체형에 맞춰 늘어났다
빨고 난 뒤 원래대로 돌아갔으리라
딱 붙는 걸 좋아하는 날 위해
어깨와 허리의 굴곡을 넘어
내 성격과 활동 성향까지 읽고
상체 근육의 움직임 따라
니트도 수축과 이완을 반복했으리라
그사이, 니트의 신경 섬유들은
닳거나 짓눌리는 고통 속에서
윤기와 탄력을 잃어 가다가
간신히 붙잡고 있던 보푸라기들을
손목 힘 풀린 듯 놓아 버린 것일까
원하는 매무새가 나올 때까지
나는 거칠게 잡아당겼었고
낡고 늘어난 니트를 바라보며
언제 샀는가만 되짚었을 뿐
헌 옷 버려지듯 했을 당신의 마음
전혀 읽을 줄 몰랐었다, 그때는

괘종시계

시간의 그림자 소리도 없이 움직인다
바늘들 발톱 세워 시계 눈금 긁어대니
귀에는 째깍째깍 울음이 조각되고
팔꿈치 안쪽 연한 살 훑어보면
바늘에 긁힌 자국 다시 드러난다
제자리를 돌고 도는 바늘들처럼
중심을 향해 나아가지 못한 채
서로가 따로 겉돌기만 한 우리는
시간에 밟혀 그 발자국 희미해진다
더 멀리서 손짓하던 그대에게
한쪽 끝에서 허우적거리는 시계추처럼
나 겨우 몇 발짝 다가섰던 것일까
이따금씩 서로의 둑 허물고
범람하듯 퍼지던 둔중한 마음의 울림
그 순간을 끝으로 아무 일 없었던 듯
시간에 좀먹히는 우리의 기억

편지

당신의 편지 수년 만에 읽어 보네
봉투에서 꺼내자 얼굴처럼 반가운
낯익은 편지지와 글씨체
내 마음 시릴 때마다
겨울철 아궁이에 다가가듯
글자들 내뱉는 열기에 몸 맡기면
벌겋게 달아오른 당신의 마음
내 언 손 녹이고 볼 간지럽히고
이마가 뜨거워질 정도로 이글거려
남 볼세라 그만 접어 넣어 두었다가
당신의 온기 그리울 때마다
다시 열어 마음으로 부채질하며
글자들 속 검붉은 불씨 살려 내곤 했었네
부지깽이로 건드릴 희망
거기 남아 있을 때까지는
그 겨울 추위 무섭지 않았었는데
가을 지나 다시 겨울
아궁이 남은 불씨 모두 꺼지고
편지의 글씨로만 남은 당신이기에
이제는 당신 입김 식으면서
얼룩진 글자들만 번져 있네

이 별과 이별

하늘에 뜬 별 같은 사랑 꿈꿨습니다
이 별은 나의 별, 나 손에 쥔 것 많아
별을 움켜쥐려고 다른 것들 버렸는데
마음에 세운 사다리 딛고 별 따는 데 바빠
무엇이 버려지든 신경 쓰지 않았습니다
눈높이에서 깜박이는 별빛에 취해
눈이 시력 잃어 온통 깜깜할 동안
별은 한 계단 더 높이 올라섰고
별과 나의 술래잡기는 계속됐습니다
그렇게 한참을 좇다가 알았습니다
별은 원래 닿지 않는 곳에 있었고
내 욕심이 착시를 일으켰다는 것을
내가 무엇을 놓은 게 아니라
무엇이 나를 못 견디고 빠져나간 것을
결국 나는 이 별 같은 사랑을 갖기 위해
무언가와 끝내 이별하고 말았음을

에고이스트로 살아가기

남들 모르게 마음의 빗장을 풀고
거기 달린 창문을 열어 놓았더니
당신이 길을 잘못 든 새처럼
날아들어 출구를 찾고 있었습니다
두려움 반 호기심 반으로 지저귀며
당신은 막다른 곳으로만 파고들었고
나는 그런 당신이 겁먹지 않게
조심조심 들어온 창문 향해 몰아갔지만
당신은 방향을 잃고 헛된 날갯짓하다
벽에 부딪혀 아프게 파닥였습니다
그게 과연 당신만의 실수였을까요
나 또한 당신 그냥 보내 주기 싫어
날개에 입은 상처 보듬지 못하고
다른 새가 데려갈 엄두 못 내도록
내 마음 더욱 비좁게 만들고, 거기다
출구를 못 찾게 살금살금 창문 닫아
마음에 가두고 기억의 자물쇠 채우려 했었죠
그 자물쇠 풀 수 있는 열쇠를
오직 나만 간직하고 있다가
당신의 날개 완전히 꺾인 뒤에야
눈물 글썽이며 보내 주려 했었죠

나비야 나비야

흰나비가 팔랑팔랑 날아온다
향수 냄새를 꽃향기로 착각했는지
날갯짓도 가볍게 춤추듯 다가온다

나비야 이건 독사과의 향기란다
너에게 난 털 달린 거미일지도 몰라
넌 운동장에 깔린 인조 잔디조차도
진짜 풀인 줄 알고 좋아라 날아다니더니
내가 누군 줄 알고 이렇게 쫓아오니
너처럼 다가왔던 어떤 이도
날개가 거미줄에 걸리고 더듬이 부러져
마음까지 불구가 되어 떠나갔단다
더는 누구도 그렇게 만들고 싶지 않으니
알아들었으면 그만 사라져 줄래

나비는 물론 들을 수 없지만
어느 순간 방향을 틀어 날아간다
날아가는 나비의 뒷모습이 안타까워
하마터면 당신의 이름 부를 뻔했다

피아노

그날의 연주를 기억하나요
오래전부터 거기 있었지만
막상 의자에 앉아 뚜껑을 열면
한없이 낯설기만 한 피아노처럼
우리는 서로 어색하기만 했었죠
무얼 어떻게 연주할지 계획도 없이
무작정 앉아 손을 내민 나는
당신의 건반 제대로 누르지도 못했죠
그게 후회돼 따로 연습하고 돌아와도
마음이 두근거려 실수만 했었죠
그래도 당신은 내 서툰 손가락에
지그시 마음을 포개 건반 눌러 주며
혼자서는 낼 수 없던 멜로디 완성해 주었죠
별 대단찮은 실력에도 감동을 보태
비단결 같은 눈물로 출렁거렸었죠
그 멜로디 끝없는 실처럼
무한정 풀려나갈 줄 알았죠, 나는
당신의 건반이 내 것인 줄만 알았죠
다른 이가 연주하기 전까지는 말이죠
그 뒤로 다른 곡을 연주한 적 없고

지금은 그 멜로디 연습하지 않아도
기억이 먼저 손가락 내밀 만큼 되었지만
당신의 건반처럼 반가운 목소리 내 줄
피아노를 또 만날 수 있을까요
악보에 그려진 오선지로는
그려 낼 수 없는 목소리를 담은
당신은 나만의 피아노였으니까요

사과

작은 대야에 물 부어 사과를 담았더니
당신이 잠 덜 깬 표정으로 둥둥 떠오릅니다
그 표정 매만지며 슬슬 문질러대니
당신이 나고 자라 온 곳의 기억들
새하얀 그릇 바닥에 까맣게 쌓입니다
나 그 기억들 하찮게 흘려 버리고
새로워서 낯설기만 한 물줄기를
당신에게 강요하듯 틀었던 건 아닐까요
거기다 몇 방울 식초까지 얹어
세상을 향해 품은 당신의 독기
모조리 헹궈 내려 한 건 아닐까요
붉은 볼에 수줍은 미소 머금고
짓눌린 적 없는 행복한 표정 꾸며 내도록
말없이 칼자루 쥔 손 내밀고 있었을까요
안 보이게 벌레 먹은 기억 보듬지 못하고
낭패한 표정 역력히 드러낸 채
그 상처 도려낼 생각만 했을까요

제3부 얼룩은 여전히 마음에 남아

고독

마음만으로는 채울 수 없어
다른 무언가로 채우려 했다가
비만에 걸린 적 있는
내 안의 빈 독

나는 대기가 불안정한 구름

사람들이 밀집한 숲속에
내 비록 나무 한 그루로 서 있지만
나의 본질은 구름이라네
주변의 물방울들 모두 불러들여
가슴과 머리를 채우고 보면
어느새 나는 흐릿해진 구름
그들이 소용없다 버린 오폐수들이
내 아픔의 근간을 이루고
그것들 하나하나가 날 선 진실이 되어
내 구름의 실체를 만들어
뭉게뭉게 피어나던 끝에
불편한 밤 폭우가 되어 내린다네
텅 빈 마음은 다시금
숲속 나무들의 습기로 채워지고
그 지독하게 음습한 기운 때문에
나는 뿌리를 벗어던지고
구름처럼 빙빙 떠돌아다닌다네
비를 내려 구름이 편해질 수 있다면
내리다 그친다 해도 좋겠네
그 뒤로 한결 맑아진 공기와

잠시라도 어울린다면 더욱 좋겠네
물방울이 닿으면 쪼르륵 흘려 버리는
젖지 않는 잎을 지닌 나무숲 속에서
나는 대기가 불안정한 구름

태반

나를 낳아준 태반
내 인생 밑그림의 태반
남편과 일찌감치 헤어지고
생의 태반을 홀로 지내는 여인
가혹한 삶의 예를 보여 주며
거기에 나까지도 가두어 버린 사람
내 슬픔 태반의 원인이 되는 사람
그런데도 자다가 걱정되는 사람
전화 걸지 않아도 목소리로 찾아오는 사람
언제나 나를 어린애 취급하면서
자기 인생 태반을 내게 의지하여 산 사람
내가 나를 뛰어넘지 못하고
다시 돌아가야 할 이유인 사람
내 못난 태반의 변명이 되어 준 사람

빨랫비누

세탁기로는 지울 수 없는 얼룩이나
흰 셔츠의 더러워진 목깃을 빨 때
빨랫비누로 가장 먼저 손이 간다
그럴 때는 욕실 한편에서 시무룩하게
무료한 시간을 보내던 빨랫비누가
갑자기 화색을 띠며 제 몸이 닳도록
입에 거품 물고 내게 얘기를 건넨다
나는 그 이야기가 귀찮고 힘들지만
때가 지워질 때까지 꾹 참고 들어 준다
땟물이 짙어질수록 이야기도 끝나 가므로
나는 더욱 거친 손놀림으로 그를 다루고
빨래를 헹굴 때쯤 샤워 꼭지에 물 틀어
거품 묻은 그의 입 주변도 씻겨 주고
방에 돌아와 땀에 젖은 이마 닦는데
그사이 홀로 사는 노모로부터
걸려 온 부재중 전화가 있었는지
휴대폰이 거품 물듯 진동하고
나는 비누 거품이 눈에 들어간 것처럼
눈이 따가워 눈시울이 붉어진다

너는 홀로그램이다

빛의 간섭 현상은
두 빛이 만나
파동이 물결치는 것인데
온갖 표정 나타났다 사라지는
잠든 네 얼굴 위에서도
우리 부부의 유년 시절은
서로 파동을 일으켜
다른 결과 방향으로
물결이 부딪친다
어린 시절 더 완벽한 그림 보려고
욕심내 끝까지 기울이면
예상치 못한 그림 꺼내
자신을 감춰 버리던 홀로그램처럼
너는 나와 아내를
번갈아 비추기는 하지만
알쏭달쏭한
숨은그림찾기 시킨다
홀로그램 처음 접한 그날도
햇볕이 말도 못 하게 간지러워

몸 비틀면서도 온종일 그것을
손에서 놓지 않았었다

불장난

변두리 낡은 집에 살던 나는
새집 짓는 공사장 시멘트 냄새가 좋아
하루 일 끝난 빈 공사장 들락거리며
쓸모없이 나뒹구는 각목들 주워 모아
동네 아이들과 불장난을 자주 했었다
활활 타는 불 그림자 비친 벽에는
동화 속에서 봤던 유령이 나타났고
두 손 겹쳐 새나 개 그림자 만들어
무서운 유령 쫓아내며 좋아라 했었다
엄마 잔소리에도 아랑곳 않고
신기한 유령과 동물들 전설에 빠져
족장의 무용담에 마음을 빼앗긴
인디언 부족 소년처럼 굴러다녔더니
하늘에 떠 있는 태양에서도
탁탁 불꽃이 튀며 냇내가 났고
석양 무렵 하늘이 불타올랐던 자리에
밤도 잿빛으로 찾아오는 것이었다

사루비아[*]

뭣에든 쉽게 뜨거워지던 초등학생 시절
화단에 핀 사루비아 같은 그녀를 좋아했다
선생님이 지목해 교실 앞에 나서면
초록색 칠판 위로 불쑥 솟은 긴 머리에
빨간 머리핀 줄줄이 매달고 뒤돌아
산수 문제를 척척 풀어내던 그녀
그중 머리핀 몇 개는 길이가 안 맞아
가지런하지 않고 삐쭉삐쭉한 모습이
왠지 더 허점이 있어서 정답던 그녀
그 주변에 벌 떼처럼 모여든 남자아이들
꿀 좀 나눠 달라 짓궂게 걸던 장난에
머리핀 몇 개 뽑히고 돌아앉아 울던 그녀
그때마다 앞으로 나서지 못하고 구석에서
그 모습 훔쳐보며 무관심한 척했던 나는
지금도 화단에서 깨꽃 냄새가 나면
그녀 생각에 저절로 발걸음 멈추고
꽃잎 속을 숨어드는 한 마리 벌이 된다

* 지금은 '샐비어'가 표준어지만 나에겐 여전히 '사루비아'가 정겹다.

구멍가게

육 학년 때부터 삼 년간 동네 구멍가게였던
우리 집은 신작로에서 골목을 오르는 입구였다
땅속에 박힌 뿌리가 굵은 감자알 키워 나가듯
골목 집집마다 아이들 주렁주렁 매달려 있었고
하루에도 몇 번씩 그 감자알들이 쏟아져
우리 집 앞 신작로까지 굴러와 깔깔거렸다
그러면 나도 어느 틈에 싹이 나서 잎이 나서
그 감자들 틈에 끼고 싶지만 가게 볼 사람이 없어
눅눅한 면발처럼 침울하게 문밖만 쳐다보았고
찾아오는 손님 하나 없이 가게의 시간은 흘러갔다
그렇게 허탕 친 하루가 저물면 엄마는
땡볕에 익은 것처럼 빨간 공중 전화기 열어
고추씨 같은 동전들 세며 한숨을 쉬었고
이끼가 푸르게 덮인 수돗가 녹슨 펌프는
마중물 붓고 거푸 작두질해 심폐 소생시켜도
병든 노인처럼 막힌 숨 쉽사리 터뜨리지 못해
밥 짓는 시간도 늦어 그만큼 늦은 저녁 먹을 때
천장에 사는 쥐들도 식구들 불러 밥 먹이는지
반찬 서로 먹겠다고 젓가락 부딪는 소리 들렸다
하루 매상이 푼돈이라 좋은 반찬은 없었지만

허기진 마음이 가족들 열기로 채워지고 나면
무거운 셔터처럼 올릴 때 안간힘 썼던 눈꺼풀이
내릴 때는 단번에 잡아당겨지곤 하였다

연탄의 계보

연탄은 쉽게 불이 붙지 않는다
그러나 한번 붙으면 불을 끄기도 어렵다
아궁이 속 세 장의 연탄을 집게로 꺼내면
그중 가운데 있는 것이 제일 뜨거웠다
이제 막 불붙기 시작한 것과
다 타서 노인처럼 가벼워진 것이
함께 불타오르는 연탄 아궁이는
삼대가 함께 살던 우리네 가계와 닮아
연탄들끼리 구멍 안 맞으면 불기운 약해지듯
식구들끼리 마음 안 맞으면 집안이 싸늘했고
불구멍 조절 못해 바람 자유로이 드나들면
아빠 따라 낯선 여자가 들어온 것처럼
엄마의 분노가 활활 타오르는 것이었다
그때 나는 창고에 쌓인 아직 덜 마른 연탄이어서
만지면 부서질까 언제 세상 나설 수 있을까
까무룩 잠들어 활활 타오르는 꿈꾸었는데
잠 깨면 볕 들지 않는 창고 방에서
차곡차곡 줄 맞춰 쌓여 있던 연탄이
깜깜하고 막막한 인생처럼 느껴져서
불붙은 연탄의 아름다운 불꽃과

죽음처럼 피어오르는 연탄가스 냄새를
눈 속에 뭉쳐 낡은 블록 벽에 던지면서
멍울처럼 새로 생겨난 하얀 눈 자국과
내 마음에 얼룩진 검은 자국을 번갈아 보며
검게 시작해서 빨갛게 타오르다가
하얗게 바래 가는 그 무엇을 상상하곤 했었다

나답지 못한 삶

한동안 세상의 요구대로 살고자 했다
소망보다는 당위를 앞세운 채
나다운 것보다는 우리다운 것 위해
손가락 장갑보다는
벙어리장갑 되는 쪽을 택했었다
그러나 내 노력 어설펐는지
비난의 화살은 그치지 않았다
공동체의 일원이 되기에
내가 그리 모난 돌멩이였을까
세상의 의도와 달리
나는 구를수록 멍들어
성한 곳 없는 사과를 닮아 갔고
비 온 뒤 흙탕물 고인
물웅덩이 같은 표정 갖게 됐지만
아무도 거기까지는 신경 쓰지 않았다
아, 그들은, 나보다 더
우리를 생각하는 그들은 왜
칼 솜씨보다 훌륭한 말주변을 가진 걸까
마음의 책꽂이에 꽂혀 있던 책
오려져 뜯긴 채 버려진 바닥에서

책장이 바람에 펄럭일 때 알았다
손가락 짚어 읽어야 할 그 무엇이
너절한 가십거리로 나뒹굴고 있음을
오탈자 없이 차례로 놓여야 할 활자들
제멋대로 편집되어 유포되고 있음을
세상은 온통 난독증을 앓고 있었다
활자의 뜻보다 화법만 중요할 따름이었다
그 와중에 나는 무관심 속에 버려진
활자만 매만질 수밖에 없었다
그 활자들 입이 아닌 가슴에 새겨
깊디깊은 숨결 퍼 올리는 게
나다운 삶인 것 깨닫지 못한 채
융통성 없이 마음을 덮고
입만 가득 찬 세상 속에서
열등감의 숲을 이루며
음울한 시대의 일원이기를 자청했었다

낮술

일찍부터 나는 취해 버렸다
아내와 이제 막 잉태된
손가락 마디 크기 셋째가
수술대에 올라갔던 아침,
서민 출신 전직 대통령이
새벽녘 절망 아래로 뛰어내렸다
아내는 풀리기 시작한 마취로
끙끙대며 침대에 몸 웅크렸고
선명한 이 모든 것들
저녁까지 부릅뜨고 볼 수 없어
점호 기다리던 술병들 불러내
각 잡힌 냉기로 날 식혀야만 했다
뭘 그리 잘못했는지
멱살 붙잡아 따지고 싶어도
진실은 누구와도 대화를 원치 않았다
슬픔의 밑바닥까지 취하고 나면
세상 풍경이 새하얗게 지워질까
이야기 없는 꿈 꿀 수 있을까
의식이 오락가락하는 사이
영혼 빼앗긴 술병들이

희망 고지를 주검처럼 뒤덮었고
김치찌개 자국이 붉게 낭자했다
어쩔 수 없는 죽음들 앞에서
나는 아군도 적군도 될 수 없었고
알코올 냄새 진동하는 전쟁터에서
나는 승전군도 패잔병도 아닌데
부상당한 채 죽어 가고 있었다

빈 술병

어제 마신 슬픔이 식도를 타고 역류한다
잘해 보려 했는데 엉망이 된 어제가
책상 위에 부려 놓은 물건들처럼
그 자리에 그대로 남아 있다
버리고 해치우고 정리해도
매일 하달되는 업무 지침과 같이
오늘이 되면 다시 쌓이는 우울
내일을 또 이렇게 보낼 수 없어
마음을 단단히 묶어 서랍에 집어넣고도
열쇠로 잠그기를 머뭇거리다
다시 꺼내 병뚜껑을 돌리는 나
아, 그리워라 내 것이 아니어도
마음대로 호령했던 시절이여!
술병은 딸 때부터 알코올이 증발하고
삶은 날 때부터 웃음이 줄어들어
베란다에 쌓인 빈 술병들을 보노라면
그동안 내 상실의 부피를 깨닫게 된다
한 입 거리도 되지 못할 침묵을 안주 삼아
술과 함께 바닥난 내 웃음은
어디로 찾아가 환불받아야 할까

한 방울도 남지 않은 술병들처럼
푸르뎅뎅한 마음속에서는
눈물조차도 흔적이 지워져 간다

마음의 탈모

오해는 머리카락처럼 자라난다
나면서부터 촘촘히 지녔기에
적어도 나는 탈모를 걱정한 적 없었다
남들이 비웃을 만큼 풍성한 오해를
기르고 다듬고 염색하고 파마하며
자존심 한껏 드러내기 바빴었고
거울에 비친 머리끝까지를 내 키라 여겨
나쁘지 않다 남몰래 웃음 지었었다
그러나 세상은 겨울이 아니어도
쌀쌀한 바람 부는 날이 많았고
소금에 절여 놓은 배추처럼
마음도 숨이 죽는 날이 많아
머리가 뒤엉키고 흐트러지면
다시 새로운 기운 불어넣기 위해
불만 섞인 마음 손가락에 가득 담아
억지로 머리를 박박 감았는데
그때마다 머리카락이 한 움큼씩 빠졌고
잘난 맛으로 뿌리내렸던 오해도
착각 착각 떨어져 내렸다
오해가 벗겨지며 시작된 탈모는

진실의 표피를 민낯으로 보여 주었고
양파를 까다 실수로 눈 비빈 것처럼
나는 견딜 수 없는 눈물 흘려야 했다

지구 별에서의 하루

퇴근길 헝클어진 자동차 행렬들이
꽉 막힌 욕조 물 빠져나가듯 굼뜨다
저녁 식사 때를 조금 넘긴 시각
뜨겁게 달궈진 몸 찬물에 식히고
땀과 피지가 떠 있는 비눗물과
홀쭉해진 치약을 보면 왠지 뿌듯하다
아무렇게나 벌여 놓고 온 서류 더미 같은
냉장고 속 남은 음식들 접시에 담아
전자레인지에 넣고 결재 도장 받는다
결재 기한을 넘긴 것들 더러 있지만
삑삑 소리와 함께 무사히 결재가 끝나면
안도와 피로감에 술 생각이 엄습한다
하루 중 이맘때면 밝게 빛나던 별들도
문 잠그고 제 방으로 들어가 버린 듯
밀폐된 거실만큼 좁고 쓸쓸한 밤하늘
제힘으로 돌아가는 지구에 살면서도
나는 왜 맨정신으로 잠들지 못할까
티브이는 아무런 답을 주지 않은 채
거실에서 잠든 나를 새벽에 깨울 뿐이다
길들여지지 않는 자에게

일상은 편한 침대를 제공하지 않으며
제 속도를 따르지 못하는 이에게
지구는 두통과 멀미를 가져다준다

단죄를 수련하다

어린 시절 내성적이라는 말을 곧잘 들었다
그 말은 '왜 그렇게 생겼니'와
'넌 그런 놈이야'를 담고 있어
그때마다 나는 죄를 지은 기분이었다
나한테는 내가 못나서 부끄럽고
제멋대로인 세상 또한 못마땅해
어디서부터 어떻게 말해야 할지 몰라
내가 말을 말아야지 체념했던 건데
너는 내성적이니까 말 안 시킬게
말 꺼내기도 전부터 못을 박고
입에 재갈을 씌워 어떤 경우라도
말을 아끼게 만들던 그 말
운전하다 시비 붙을 때처럼
단순하고 쉽게 말해야 승자가 되고
말할 내용과 방법을 고민하면 패자가 되는
도로 위의 법칙이 여전히 불편한 나도
학교에서 아이들을 대하다 보면
겉만 보고 속까지 평가하는 내공을 쌓아
어느덧 높은 수련의 경지에 오르는 중이다

포크리

아이가 말 배우기 시작하던 시절
포클레인 장난감 갖고 놀고 싶을 때
그 발음 어려워 포크리 포크리 하며
달라고 손 벌리면 가져다 놀아 주면서
아이가 바가지에 퍼 담는 가짜 흙이
내 마음속 폐허가 돼 버린 집 한 채
새로 고칠 수 있는 골재라 믿었다
아이가 퍼내는 몽실몽실한 포크리가
상처 나서 까지고 눈물 흘러내린 벽에
미장하듯 되직한 반죽 입혀 주면
절망으로 넘어졌던 기둥 다시 일으켜 세우고
아픔의 흔적 보이지 않는 벽을 지어
따스한 불빛 퍼져 나가는 집 짓는 게
눈앞에 보이듯 선명해서 급한 마음에
더 빨리 흙 퍼 담고 트럭으로 실어 날라
급하게 집 한 채 완성해 놓았는데
시간 지나자 비 새고 벽에 금 가
다시 고치려고 아이를 돌아보니
포크리 가지고 놀던 그 아이는
주민등록증 발급 서류 나왔다며
여태 닫았던 방문을 열고 나온다

제4부 계절은 다시 바뀌고

봄

꽃샘추위 그려 보겠다고
수묵화 붓 뭉툭히 꺼내 들던 목련,
계절적 기법을 바꿔
흰색 수채 물감 잔뜩 묻힌
넓적한 붓 손끝에 거꾸로 쥐었다
실수로 붓이 흔들렸는지
하얀 자국들 분분하다

봄비

솜이불로 몸 휘감듯
꽃은 자는 척 봉오리 덮고 있지만
바람 불어 꽃잎 들춰내자
자기도 모르게 이불 걷어차고
삐져나온 발가락 꼼지락거린다
같은 자세로 오래 잠들어
목련은 허리가 불편했던지
두 팔 벌려 기지개 켜며 하품하고
돌아누워 다시 잠들려 할 때
더 자지 말라고
목련 흔들어 깨우는 봄비
강제로 이불 들춰내고
꽃잎 흔들어댄다

봄의 습격

새들이 유별나게 재잘대기에
살짝 열어 둔 창문 끝까지 밀었더니
특수부대 낙하 요원들처럼
꽃가루들 창틀로 침투하고
레이저 조준경 투사하던 햇살이
재빨리 구름 뒤로 숨는다
항공 지원 임무 띤 제트기가
하늘에 남겨 둔 비행운을 목표 삼아
대규모 병력의 구름 전진하자
갑자기 어두운 전운 감돌며
천둥이 포성 울려올 기세다
지난겨울부터 진지 구축하고
한 발짝도 꼼짝 않던 추위가
퇴각 명령받았는지 물러나려 하자
꽃들 환호성 지르며 활짝 미소 짓고
마지막 남은 적까지 소탕하려고
나무들 가지 끝 꽃눈 터트려
적잖은 탄피 쏟아 내며
조준 사격 가하고 있다

종달새

봄 햇살이 따사롭던 보리밭에
종달새가 살았습니다
푸른 보리와 신선한 공기, 감미로운 햇살로
종달새는 마냥 즐거웠고
신나는 음악의 8분음표인 양
하늘의 오선지를 날아다녔습니다
시간이 흘러
봄 햇살이 약해질 무렵
종달새는 어딘가로 사라졌습니다
더 이상 가슴 뛰는 일은 생기지 않았습니다
그러던 어느 날, 당신이
검은건반처럼 반음 높이 떠올라
나의 높은음자리표를 차지했습니다
그랬더니 사라졌던 종달새가
하늘 가득 솟구쳐
16분음표처럼 날아다녔습니다

웃음

심술로 찌푸리던 하늘이
버릇 없는 바람과 어울려
쌀쌀하고 음흉한 표정 지을 때
부처님같이 포근한, 계절의 미소에
치기와 반항심이 서서히 녹았는지
봄꽃들 연분홍 하얀 수줍음 머금고
밤새도록 샛노랗게 웃는 소리
막은 손 틈새로 킥킥 들려온다
꽃들이 웃으니 행인들은
영문도 모른 채 덩달아 웃고
사람들은 또, 서로의 표정 보고 웃어
꽃 피우고 가지 뻗고
잎사귀 쏙 내밀어 놀리고
너무 웃기고 웃어서
세상은 얼굴 화끈거리는 여름이 된다

웅덩이

비 오는 날 처마 밑에는
낙숫물이 웅덩이를 만든다
비를 피했다는 안도와 더불어
넋을 놓고 그것들 바라보면
가슴을 두드리는 빗소리에
아직도 있을 거라 믿지 않은
잊고 있던 웅덩이가 생겨난다
누군가를 만났다 헤어진 뒤에는
아무도 세 들 수 없는 빈집 하나 남고
허술한 문짝 열어젖힐 만큼
쓸쓸한 바람 불어 비 들이치면
그 집 처마 밑으로 기어들어
열린 방문 다시 닫고
툇마루에 걸터앉아
빗소리에 가슴을 적시고 나면
그때마다 내 안에 움푹 팬 자리로
빗방울이 똑똑 떨어지곤 했었다

장마 그 후

매미가 현악기 줄 조율하듯
신경을 당겼다 놓았다 할 때
눈으로 소리 발원지를 찾는다
처음엔 한 놈만 울더니
다른 놈이 화음 맞추고
울음은 양쪽 스피커에서
입체 음향으로 울려 퍼진다
또다시 맞을 수 없는 여름
마지막 공연 혼신의 힘 담아
점점 클라이맥스로 치닫더니
두 놈 다 울음을 뚝 그친다
그 틈에 공연의 열기 식히려
멋쩍은 바람 살포시 불어오고
나무 그늘 밑 콘서트홀에선
이파리들 일어서서
열렬히 손 흔들며 박수 친다

매미

무심코 들어 왔던 매미 울음이
며칠째 가슴을 후비자 걱정이 앞선다
그렇게 울어 오래 버틸 사람 또 있을까
칠 년의 기다림 끝 겨우 일주일이라지만
일주일 동안이라도 쉬지 않고 울면
머리에 울음이 차고 피가 안 통해서
온몸이 저리고 까무러치게 된다는 건
단 몇 시간 울어 본 나도 경험으로 안다
자기 생을 깎아 가면서까지
매미가 원하는 게 순전히 사랑이라면
그 사랑 반드시 이루어져야 하리
울음에 스민 간절함 알아줄 짝꿍 만나
날개로 바람 부쳐 뜨거운 눈물 식히고
상처 난 마음에 나무 수액 발라 주며
더는 울 일 없도록 가슴에 꼭 끌어안아
아이들 낳고 커 가는 모습까지
지켜볼 수 있으면 좋겠는데
온 힘 다해 제 울음 완성한 매미는
울음이 다 빠진 텅 빈 울림통만 남아
길바닥에서 발견되곤 했었다

계절의 약도

따가운 햇살 환한 모퉁이 돌아
우측으로 곧장 가다 보면
새로 깔아 줄 그어 놓은 차선들이
팔팔 끓는 냄비 속 라면처럼
꼬불꼬불 익어 가는 여름이 나와
멈추지 않고 몇 발짝 직진하면
감쪽같이 어두워진 사방
낮게 깔린 시커먼 구름 아래
풍경 조촐한 카페가 나오는데
거기서 차가운 커피를 마시면
온몸을 적시듯 비가 내리지
커피 타임이 길어지면
마음속까지 빗물 스밀지 모르니
우산 준비하는 것 잊지 마
카페를 끼고 골목으로 들어서면
여러 집들이 보일 거야
그중 몇 채는 지난가을에
머물던 사람이 떠난 후
비어 있거나 바람이 세 들어 살고 있어
그 집들 지나 계단 내려오다 보면

노랗게 물들고 있는 은행나무가
지나간 추억 흩날리듯
이파리를 하나둘 떨어뜨리고 있을 텐데
나 거기서 계속 너 기다리고 있으니까
운 좋게 제 시간에 오면
니 마음 나만 들리게 속삭여 줘

잎사귀의 기억

가로수가 앙상하다
늦가을부터 바람은 탈곡하듯
가지에 깃든 영혼을 털어 냈고
싱그럽던 잎사귀들 바람과 뒹굴며
갈색 몸뚱이에 흙먼지까지 묻히고 있다
내 인생의 대로변에서
힘든 순간을 가려 주던 잎사귀들도
쓸쓸한 가을 바람에
낙엽처럼 떨어진 걸까
꽃보다 화려하지 않지만
찬란한 수줍음 머금고
햇빛과 내통할 수 있었던 건
푸른 혓바닥이 발산하는
내밀한 숨결 덕분이었으리라
꽃만 피는 나무 없듯이
수줍은 시작 없는 사랑도 없으리라
작게 오므렸던 잎사귀가
용기 있게 손바닥을 쫙 펼치기까지
우리의 사랑도 그렇게 견고해진 것이리라
그러나 꽃이 피고 열매가 맺히면

근거 없는 소문과 같이 바람이 불고
이런 기억들이 부끄럽고 거추장스러워
잎사귀를 먼지와 함께 내모는 걸까
모든 잎사귀를 떨군 가로수가
아무런 이야기와 감동을 줄 수 없듯
나 또한 그 누구에게는
그저 앙상해 보이는 가로수가 아닐까

코스모스

가끔 지나는 차 때문에
도로변에 선 코스모스
쓰러질 듯 몸 흔드는데
지난여름 떠나간 애인의
작별 선물 같은 꽃
가녀린 손가락 끝에 끼우고
간신히 눈물 참으며
걷어붙인 팔 가녀린 손목 흔드는
여인같이 그 몸짓 애처롭다
가을 바람이 실어 오는 체취에
그리운 마음 알록달록 물들어도
제 갈 길 바쁜 차 말고는
보듬어 줄 사람 하나 없고
보고픈 마음 이슬로 맺혀도
굉음에 먼저 귀 젖고 마는
척박한 가을 입구에 서서
태연한 척 아픈 사연 감추고
배웅 나와 손 흔들고 있구나

솔가리

가을이 되면 솔잎이 떨어져
숲을 갈색 이불로 덮습니다
가지에 푸르게 매달려 있을 때는
찔릴까 무서운 바늘 같았다가도
이제는 푹신한 이불이 되어
그 밑에 곤충들은 새끼 기르고
버섯의 꿈도 무럭무럭 자랍니다
귀뚜라미 자장가를 초롱초롱
별들만 경청하는 밤이면
곤히 잠든 생명들 내뱉는 숨결로
이불은 오르락내리락 들썩이고
아빠처럼 구부정한 소나무는
주저앉은 지붕 한쪽 떠받치고 서서
남아 있는 바늘로 천장 고치다가
생각났다는 듯 솔방울 떨어뜨려
아이들 먹으라고 이불 속에 넣어 주고
엄마는 솔가리 긁어모아 불 지피다
아이들 잠들어 이불 걷어차면
이불 덮어 주며 볼에 얼굴 부빕니다

아침 바닷가에 서면

밤새 머리맡에서 출렁이던 바다가
아침에 일어나자 저 멀리 사라져 간다
맨바닥을 드러낸 모래사장엔
바다의 흔적이 물결무늬로 남아 있고
손 흔들며 바다는 멀어지고 있다
떠나가는 것들은 왜 저리 눈부실까
햇빛에 반짝이는 깨진 거울 조각처럼
눈부신 바다 때문에 눈물이 난다
바다가 남긴 뒤늦은 작별의 말은
매번 파도에 실려 보내지지만
먼발치에서 헛되이 되돌아 나가고
바람 소리에 묻혀 잘 들리지 않는다
내 마음속에서 밤새 철썩이던
바닷물 담긴 잉크병에 펜촉을 적셔
하늘색 편지지에 사연을 적고
구름 우표 붙이고 물결무늬 소인 찍어
반송될 일 없는 편지를 보내고 싶다
그리하여 파도가 그 편지 가져간 뒤
만조처럼 다가올 당신의 답장 기다리며
나도 바다와 함께 물결로 출렁이고 싶다

겨울 계곡

햇빛 받아 쌓인 눈 녹은 곳에서
계곡의 본심은 맑고 투명하게 드러난다
바람이 혹한의 추위 데려올 때는
두꺼운 얼음 만들어 마음 감추더니
햇살이 청진기 대고 심장 박동 들으려 하자
제 가슴 살짝 열어 물 흐르는 소리 들려준다
한순간도 마음 멈춘 적 없다고
차갑게 돌아선 적 없다고 애원하듯
마음 밑바닥 돌멩이조차 보일 만큼
자기 진심 누군가에게 호소하는데
하늘은 이제 됐다고 구름 보내
햇빛을 다시 돌려세우고 있다

오랜만에, 비

어린 시절 같이 놀 사람 없어 심심할 때
집 밖에서 들려오던 친구 목소리처럼
반가운 빗소리가 머리맡을 두드린다
창문 넘은 빗소리가 부딪는 살갗에는
찬 기운 몰려와 팔다리에 소름이 돋고
울어 줄 고양이도, 꼬리 흔들 강아지도 없는
쓸쓸한 삶에 천둥과 번개를 동반한다
같은 길을 가지만 가깝지 않은 이들은
벽 없이 지내며 수시로 맞닥뜨리는데
가까웠지만 다른 길을 걷는 이들은
구름 뒤편에 숨었는지 보이지 않는다
그들의 소식을 대신하듯 가끔 내리는 비
나도 한때나마 그들과 함께 길을 걸으며
비 맞은 기억 있었는지 흐릿해지려는 찰나
거리감과 반가움이 서로 맞부딪치듯
어둠과 밝음이 맞부딪치는 새벽 영롱한 시간
그 옛날의 반가운 것 내리는 소리 들린다

눈 내리는 밤

늦은 밤 문 열고 있는 카페에서
환한 불빛과 함께 캐럴이 들려옵니다
예나 지금이나 똑같은 멜로디의 노래
과거로 시간 여행을 떠나기 위해
기차가 곧 출발한다는 듯이
징글벨 징글벨 경적이 울립니다
사람들은 추억의 막차를 놓칠세라
종종걸음으로 대합실에 들어와
입김 불어 언 손 녹이며
전율하듯 몸 부르르 떨 때
눈은 그들이 지나온 발자국 지우고
시간 속에 우리의 발자취도 묻힙니다
크리스마스트리 위에서는
먼 은하계로부터 전달된 별빛이
방금 도착한 새것인 양 깜박이고
우리가 타고 떠나는 시간의 기차 뒤로
창밖의 어둠은 지나온 선로에 남아
과거의 아픔을 눈 속에 지워 가며
가까운 흔적만 불빛 속에 비춥니다
당신의 머리에 묻은 눈 털어 주며

영롱한 별빛 주고받던 일은 희미해지고
마음에서 뿜어져 나온 뜨거운 입김
창유리에 차가운 물방울로 맺힐 때
나는 가야 할 목적지를 남겨 둔 채
기찻값을 계산하기 위해 일어납니다

본질 찾기와 관계에 관한 참회

최광임(시인, 두원공대 겸임교수)

1

생명이 얼마 남지 않은 고목일수록 새 가지마다 꽃이 만화방창 핀다. 꽃을 피워 열매를 맺어야만 나무가 계속적으로 존재할 수 있기 때문에 고목은 고사 전 한두 해 어느 때보다 많은 꽃을 피워 낸다. 이는 모든 유한한 생명들의 양태로서 생존을 위한 일종의 몸부림이다. 인간이나 모든 사물은 코나투스Conatus를 가지고 있다. 코나투스는 어떠한 개체의 자기 보존의 힘 또는 의지를 의미하는 것으로 본성적이며 필연적이다. 이때, 본질이 제거되면 사물은 필연적으로 없어지기 때문에 사물은 본질 안에 계속 머무르려고 한다.

장승진의 시는 이러한 코나투스로 넘친다. 시에 등장하는 사물들은 이미 조작되고 가공되고 해체되어 유기체로

서의 본질은 사라진 상태지만, 그 실체는 어떤 속성을 통해 변화된 상태로 나타난다. 장승진의 사유 안에 자리한 '어떤 속성' 즉, 존재의 본질 자체를 찾으려는 의식이 사물을 사물 본연의 존재로 거듭나는 것을 돕는다. 「죽음을 애도하다」「살인의 추억」「그릇들」「낡은 의자」「강화 마루」「담쟁이」 외에도 많은 시편에서 사물의 본질을 이야기한다. 이때, 사물은 본래의 성향을 유지하거나 기억을 소환하는 방식으로 자기 보존적 본질을 찾는다. 시인 본연의 의식이 사물의 행위를 관조함으로써 사물 본연의 코나투스를 읽어 내는 방식이다.

> 누군가의 한평생을 대신하여 그는 수차례 버려졌다
> 별 대단한 일을 했냐고 사람들은 물을지도 모른다
> 그 누구도 거칠고 냄새나는 발을 온몸으로 끌어안아
> 자기의 고집을 깔창 밑까지 낮추었던 적 있던가
> 버려질 줄 알면서도 발바닥까지 마음을 읽었던 그처럼
>
> —「신발」 전문

신발의 코나투스는 "온몸으로 끌어안"고 "깔창 밑까지 낮추"는 것이며, "발바닥까지 마음을 읽"는 것이다. 각각의 사물은 그것이 지닌 능력이나 역할 또는 존재 방식에 따르기 때문이다. 닭은 닭만의 방식으로 자신의 존재를 보존하려 하며, 토끼는 토끼만의 존재 보존 방식으로 활동한다. 개가 인간의 방식으로 존재를 보존할 수는 없는 것처럼 각

각의 사물은 저마다의 존재 방식을 가지고 있다.

신발의 코나투스가 계산이나 조건 없는 헌신이라면 장
승진의 코나투스는 '마음'의 활동을 들여다보거나 깨우치고
반성하는 것이다. 스피노자는 인간만의 존재 보존 방식을
신체적 측면과 정신적 측면에서 설명하고 있다. 그중, 장
승진은 정신적 측면의 코나투스를 활용한다. 말하자면, 그
는 '지성과 이성의 폭넓은 인식을 통해 발견한 인간의 본성
을 바른 방식으로 보존하려는 노력을 실현하는 것'이다. "나
는 슬펐던 삶을 기억하기는커녕/ 그저 군침 흘리기에 바빴
었다"(『죽음을 애도하다』), 라고 하거나 "누구의 마음 할퀴지는
않았을까"(『종이』), "이렇게 매달리듯 애원하는 사람/ 이 시
대에 또 있을까"(『담쟁이』), "얼마나 쉽게 비극을 완성했을까"
(『살인의 추억』), "그 얼마나 이기적인가"(『낡은 의자』), "그렇게
울어 오래 버틸 사람 또 있을까"(『매미』) 등등.

장승진은 외부 세계를 자신의 내부로 끌어들이고 그것
을 인격화하는 작업을 통해 자아와 세계의 동일성을 추구
한다. 위의 시에서도 "자기의 고집을 깔창 밑까지 낮추었던
적 있던가"라고 하는 관조 내지는 자아 반성을 통해 주체는
물론 신발 존재 보존의 본질을 드러낸다.

　　종이는 원래 나무였고
　　…(중략)…
　　나무는 비록 종이가 됐지만
　　봄비에 적신 새들의 포근한 지저귐

햇살 머금은 뜨거운 매미 울음
아직 기억 속에 선명하고
그것들 그리워 몸부림치는 것 아닐까

—「종이」부분

나무가 물관의 기억을 추억하고
그게 그리워서 소리를 내는 걸까
땅에서 힘차게 빨아들인 물줄기가
물관을 거쳐 가지와 잎을 적시고
그의 생각을 푸르게 물들였을 텐데
자기도 모르게 나무가 베어지고
그의 꿈도 가루처럼 산산이 부서져
전혀 모르는 나무들의 꿈과 뒤섞여
기계 속에서 마구잡이로 하나가 되고
…(중략)…
그 기억 되살려 자신의 억눌린 꿈을
점점 더 커지는 소리로 나무는
드러내려 한 것 아닐까

—「강화 마루」부분

　물을 다양한 그릇에 옮겨 담는다고 치자. 물은 그릇의 형태에 따라 형태가 변하지만 물의 본질적인 속성은 변하지 않는다. 양태는 그런 것이다. '종이'든 '강화 마루'든 장승진의 시가 된 모든 사물은 장승진만의 코나투스가 없었더라면 본질이 제거된 상태의 물질에 지나지 않았거나 시가 되지 못했을 수도 있다.

시인은 일상의 보편성과 친숙해서는 안 된다. 그것들과 부단히 갈등해야 한다. 보이는 것을 보이는 대로 보아서도 안 되며, 보이지 않는 것만 보아서도 안 된다. 실체의 현상과 본질을 보는 일에 익숙해야 한다.

장승진이 보는 것들은 일상의 보편적인 것이되 사물의 본질이다. 사유하는 시인은 실체가 무너진 사물의 본질을 찾아서 시의 세계로 이주시킨다. 이 사물은 시인의 마음을 불편하게 한다. 그 지점에 시인의 '반성하는 자아'가 있다. 반성은 인간만의 능력으로 이 반성을 통해 심층으로 내려갈 수 있다. 이때, 모든 것을 관통하는 내가 있는데, 여러 개의 나 중 순수한 나와 사물의 본질이 조우한다.

장승진은 동화한 사물들의 심층에서 발화한 사랑(아낌없이 주는)이나, 헌신 같은 가치를 재생해 낸다. "지친 몸 조용히 받아 주면서도/ 겉으로는 괜찮은 척 애쓰며/ …(중략)… / 푸석푸석한 거죽이 벗겨지고/ 악물었던 어금니 주저앉은 것 아닐까"(「낡은 의자」), 라고 하는 시인의 성찰은 낡고 허접스러운 것들에게도 깃들어 있는 헌신적 사랑의 가치를 채굴해 낸다.

"오직 사랑을 바라며 희망 하나로" 나무에 매달리는 「담쟁이」나, "자기 생을 깎아 가면서까지/ 매미가 원하는 게 순전히 사랑이라면" 그 사랑 반드시 이루어져야 한다고 말하는 「매미」에서도, '순수한 나'가 만난 순응적인 사랑을 만나게 된다. 맹목의 사랑만 한 순응은 없으며 그것은 곧 담쟁이나 매미의 본질이자 시인의 사랑의 본질로 볼 수 있다.

그렇듯, '나무'라는 유기체는 여러 공정을 거쳐 '종이'가되고 '마루'가 되었지만, 거꾸로 실체의 심층으로 내려가면 '나무의 본질'에 닿게 된다. 이 작업은 장승진 만의 '기억' 재생법을 활용하는 시적 문법인 셈이다.

> 사람들이 밀집한 숲속에
> 내 비록 나무 한 그루로 서 있지만
> 나의 본질은 구름이라네
> …(중략)…
> 그들이 소용없다 버린 오폐수들이
> 내 아픔의 근간을 이루고
> 그것들 하나하나가 날 선 진실이 되어
> 내 구름의 실체를 만들어
> 뭉게뭉게 피어나던 끝에
> 불편한 밤 폭우가 되어 내린다네
> 텅 빈 마음은 다시금
> 숲속 나무들의 습기로 채워지고
> 그 지독하게 음습한 기운 때문에
> 나는 뿌리를 벗어던지고
> 구름처럼 빙빙 떠돌아다닌다네
> 비를 내려 구름이 편해질 수 있다면
> 내리다 그친다 해도 좋겠네

그 뒤로 한결 맑아진 공기와

잠시라도 어울린다면 더욱 좋겠네

물방울이 닿으면 쪼르륵 흘려 버리는

젖지 않는 잎을 지닌 나무숲 속에서

나는 대기가 불안정한 구름

　　　　　　—「나는 대기가 불안정한 구름」부분

　나 = 나무 = 구름 = 폭우의 본질은 "내 아픔의 근간"과 "날 선 진실"이 만들어 낸 "텅 빈 마음"이다. 마음에는 "불편한 밤"으로 표상되는 "음습한 기운"들이 있다. 시 속의 '나'는 "젖지 않는 잎을 지닌 나무숲 속에" "나무 한 그루"로서 있지만 나무숲과 '나'는 같은 족속이 아니다. 나무숲이 "오폐수들"을 버려서 한 그루 나무인 "내 구름의 실체"를 만들어 내는 대비적 관계이다. 사회와 나/일상과 나의 거리를 조절하는 심리 기제인 셈이다. '나'는 그들의 음습한 기운이 싫어 "뿌리를 벗어던지고" 떠돌아다니는 것으로 다른 존재임을 규명한다. '나'가 바라는 것은 "맑아진 공기와/ 잠시라도 어울"리는 것인데, 그것이 시인의 본질인 셈이다. 하지만, 본질을 찾는 일은 쉬이 이루어질 수 있는 성질의 것이 아니다. 공기 청정한 맑은 사람 숲을 기대한다는 일은 요원하므로 계속해서 "불안정한 구름"으로 본질을 찾아 떠돌 것이라는 점을 암시한다.

114

2

"자기 마음 내준 사람에게/ 이렇게 매달리듯 애원하는 사람/ 이 시대에 또 있을까"(「담쟁이」) 싶은 감동이나, "울음에 스민 간절함 알아줄 짝꿍 만나/ 날개로 바람 부쳐 뜨거운 눈물 식히고/ 상처 난 마음에 나무 수액 발라 주며/ 더는 울 일 없도록 가슴에 꼭 끌어안아/ 아이들 낳고 커 가는 모습까지/ 지켜볼 수 있으면 좋겠"(「매미」)다라는 화자의 바람은, 이것들의 사랑 방식을 동일화하는 시인의 의식일 터이다.

가장 내재적이고 일상적인 차원의 소망이 실현 가능하지 못할 때 주체는 낙담을 넘어 내적 성찰을 하게 된다. 구체적 연유는 알 수 없으나 시 속의 '당신'은 모두 부재한 상태로 등장한다. '당신'과는 개선의 여지가 있는 관계가 아니라, 관계가 끝난 '이별' 상태이다. 이별은 자신이 촉발한 것으로 간주한다. 그렇기에 '당신'에 관한 시인의 의식은 뒤늦은 깨우침의 반성과 그리움이 주조를 이룬다.

> 일 년 중 아주 잠깐씩만 널 생각해
> …(중략)…
> 너는 항상 시간의 투명한 흐름 속에 있고
> …(중략)…
> 두렵지도 슬프지도 않은 날들이
> 침대 매트리스보다 더 두껍고 안락하게
> 기억의 잠자리를 만들어 버리고 말아

떠올리고 싶지 않은 일들이 많은 하루일수록

나는 침대에 깊숙이 파묻혀 잠을 청하고

그만큼 너도 함께 덜어 내지는 것 같아

아련하다고 하기엔 너무 낯설어서

내 빈손은 너를 끌어안을 수 없어

숨 가쁘게 뛰다가 놓쳐 버린 버스를 바라보는 심정이야

…(중략)…

한때 사랑이라 부를 수 있었던 모든 것들은

다 추억의 이부자리 속에 깃들어 있고

이것들이 가끔 꿈과 현실의 경계에서 반짝거리다

일어나 이불을 정리하다 보면

유리구슬처럼 또르르 굴러떨어지기도 해

　　　　　　　　　—「네가 찾아오는 아침」 부분

　"일 년 중 아주 잠깐씩만 널 생각해"라고 하는 것으로 보
아 "먼 길 혼자 가는 이"(「빈 병」)임을 알 수 있다. "너는 항상
시간의 투명한 흐름 속에 있"는 것으로 감지할 뿐이다. 공간
성이 제거되고 시간과 기억 속에만 있다는 말이기도 하다.
"두렵지도 슬프지도 않은 날들이" '기억'의 잠자리에 누적될
뿐이다. "그만큼 너도 함께 덜어 내지는 것 같아"서 화자는
'너'가 아주 낯설기까지 하다. "숨 가쁘게 뛰다가 놓쳐 버린
버스를 바라보는 심정"이다. 지금은 "한때 사랑"이 되었으
며 "추억"이 되었지만 "꿈과 현실의 경계에서 반짝거리"는
'너'를 보기도 하는 것이다.

그러니까 장승진의 이별은 경계에 있다. 이별의 경계, 관계의 경계에서 '나'의 '당신'이 산다. '당신(너)'은 장승진 사랑의 원형인 셈이다. "종달새는 어딘가로 사라졌습니다/ 더이상 가슴 뛰는 일은 생기지 않"(「종달새」)으며, "누군가를 만났다 헤어진 뒤에는/ 아무도 세 들 수 없는 빈집 하나 남고" "내 안에 움푹 팬 자리"(「웅덩이」)나 확인하는 일이 잦다. '당신'을 대체할 만한 대상이 부재하다.

'나'의 '기억'은 시공간을 가리지 않고 '당신'을 소환한다. "너처럼 다가왔던 어떤 이도/ 날개가 거미줄에 걸리고 더듬이 부러져/ 마음까지 불구가 되어 떠나갔단다/ …(중략)…/ 하마터면 당신의 이름 부를 뻔"(「나비야 나비야」)하거나, "오래 사용한 잔일수록/ 커피 얼룩이 잘 닦이지 않는다/ 오래 인내한 사랑일수록/ 우리의 기억을 붙들고 있"(「머그잔」)다. "시간에 좀먹히는 우리의 기억"(「괘종시계」)만 남아 통시적 시간을 견딘다. 그는 여전히 "반송될 일 없는 편지를 보내고 싶다/ …(중략)…/ 만조처럼 다가올 당신의 답장 기다리며/ 나도 바다와 함께 물결로 출렁이고 싶"(「아침 바닷가에 서면」)은 바람이 가득하다.

시인에게 부재한 '당신(너)'은 고통의 기원이며 '나'를 참회하게 하는 존재이다. 여기서 '당신'의 부재가 시인의 삶인가, 시적 정황인가는 중요치 않다. 사물의 본질적 비유이든 실존의 은유이든 중요한 것은 장승진 시인의 시적 정조인 탓이다. 시 속의 '나'가 '당신(너)'을 향해 건네는 화법이 그리움, 자책, 반성, 참회 의식으로 드러난다. 자신의 부덕이 이별의 귀책사유라고 여기는 것으로 보인다. '너'의 아픔을 헤아리지 못한 부덕, '너'를 주체로 인식하지 못한 뉘우침 등, 자책적 깨우침과 통한이 장승진 시의 정조이다.

> 하늘에 뜬 별 같은 사랑 꿈꿨습니다
> 이 별은 나의 별, 나 손에 쥔 것 많아
> 별을 움켜쥐려고 다른 것들 버렸는데
> 마음에 세운 사다리 딛고 별 따는 데 바빠
> 무엇이 버려지든 신경 쓰지 않았습니다
> 눈높이에서 깜박이는 별빛에 취해
> 눈이 시력 잃어 온통 깜깜할 동안
> …(중략)…
> 내가 무엇을 놓은 게 아니라
> 무엇이 나를 못 견디고 빠져나간 것을
> 결국 나는 이 별 같은 사랑을 갖기 위해
> 무언가와 끝내 이별하고 말았음을
> ──「이 별과 이별」 부분

'나'는 이별을 의도하지 않았지만 이별하고 말았다. "내가 무엇을 놓은 게 아니라/ 무엇이 나를 못 견디고 빠져나"간 탓이다. "무엇이" "나를 못 견디"는 데는 충분한 이유가 있다. '나'는 "하늘에 뜬 별 같은 사랑 꿈꿨"다. "무엇이 버려지든 신경 쓰지 않았"고 "깜박이는 별빛에 취해" 그만 "눈이 시력 잃어 온통 깜깜"해진 후 알았을 땐 늦었다. 하늘에 뜬 '이 별' 같은 사랑과 끝내 '이별'했다.

'관계' 속의 인간을 강조한 레비스트로스는 교환이 선행되어야 관계가 가능하다고 말한다. 교환이 없다면 아직 관계를 맺은 것이 아니다. 관계를 맺고 나서 교환하는 것이 아니라는 말이다. '나'는 '이 별'을 향하고 '무엇'은 '나'를 향하는 구도에서 교환은 이루어질 수 없다. '나'는 "별을 움켜쥐려고 다른 것들 버"린 상태이므로 '무엇'과는 교환할 것이 따로 있지 않다. 결국 "종적이 묘연한 당신의 중심이 그리워"(「양파」)지는 상황에 처한 '나'는 자책을 넘어 통렬하게 참회할 수밖에 없다.

"헌 옷 버려지듯 했을 당신의 마음/ 전혀 읽을 줄 몰랐다, 그때는"(「니트」), "새로워서 낯설기만 한 물줄기를/ 당신에게 강요하듯 틀었던 건 아닐까요/ …(중략)…/ 안 보이게 벌레 먹은 기억 보듬지 못하고/ 낭패한 표정 역력히 드러낸 채/ 그 상처 도려낼 생각만 했을까요"(「사과」), "날개에 입은 상처 보듬지 못하고/ 다른 새가 데려갈 엄두 못 내도록/ 내 마음 더욱 비좁게 만들고, 거기다/ 출구를 못 찾게 살금살금 창문 닫아/ 마음에 가두고 기억의 자물쇠 채우려 했었죠/ …(중략)…/ 당신의 날개 완전히 꺾인 뒤에야/ 눈물 글썽이며 보내 주려 했었죠"(「에고이스트로 살아가기」), 라는 뒤늦은 깨우침은 통렬한 자아비판인 셈이다.

이렇듯 장승진의 이번 시집은 '본질'과 '관계'에 관한 성찰이 두드러진다. 장승진이 사물의 본질을 찾는 데 열중한 것은 다름 아닌 나만의 아비투스를 만들기 위함이라 할 수 있겠다. 궁핍한 사회를 살아가기 위해서는 무엇보다 나만의 아우라가 있어야 한다. '나답지 못한 삶'을 살지 않기 위해서 더욱 필요한 것이 성숙한 자아, 통찰하는 자아여야 하기 때문이다.

장승진은 사물의 본질을 찾는 과정에서 자아를 갈무리해간다. 그것은 부재하는 '당신(너)'을 향한 참회적 성찰로 이어지는데, 이때 '당신'은 실존이든 시인 장승진 만의 '시'이든 무엇이어도 무방하다. 장승진에게는 세계 의식이란 그만의 문법이 있을 터이기 때문이다. "그 활자들 입이 아닌 가슴에 새겨/ 깊디깊은 숨결 퍼 올리는 게/ 나다운 삶인 것"을(「나답지 못한 삶」) 깨달은 점이 시인 장승진의 아비투스라고보는 것이다. "길들여지지 않는 자에게/ 일상은 편한 침대를 제공하지 않으며/ 제 속도를 따르지 못하는 이에게/ 지구는 두통과 멀미를 가져다준다"(「지구 별에서의 하루」)는 점을 인지하는 시인이므로.